Que disent Hansel et Gretel?

A = 1
B = 2
C = 3
D = 4
E = 5
F = 6
G = 7
H = 8
I = 9
J = 10
K = 11
L = 12
M = 13
N = 14
O = 15
P = 16
Q = 17
R = 18
S = 19
T = 20
U = 21
V = 22
W = 23
X = 24
Y = 25
Z = 26

B.P. 6 - 62019 Recanati - Italie
Tél. +39/071/75 07 01 - Télécopie +39/071/97 78 51 - www.elionline.com

Illustrations: Elena Staiano

ISBN **88 - 8148 - 544 - 3**

Imprimé en Italie par Tecnostampa 00.83.278.0

Jour et nuit.
Complète les phrases.

Il y a la .... et les ....
Hansel et Gretel ....
Il y a un .... et une
....
Il y a aussi des ....

Dans le ciel, il y a le ....
Hansel et Gretel ....
Il y a une .... et un
......................., beaucoup de
.... et un petit ....

Que fait Gretel?

Hansel et Gretel courent vers leur maison. Ils peuvent enfin embrasser leur papa et leur maman.

Les deux enfants s’enfuient dans la forêt.

Il fait jour, ils n'ont pas peur.

Tout à coup Gretel s'écrie:
«Regarde Hansel, là-bas...
c'est notre maison!»

Pauvres petits!
La vieille femme a l'air gentille,
mais c'est une méchante sorcière.
Elle enferme Hansel dans une pièce,
tandis que la pauvre Gretel...

... doit faire le ménage!

faire la lessive

repasser

faire la cuisine

Une vieille femme ouvre la porte.
Elle sourit. «*Bonjour les enfants*,
dit-elle à Hans et Gretel.
Ma maison vous plaît?
Venez, entrez!»

Le lendemain matin, ils partent
à la recherche de leur maison.
Tout à coup, Hansel dit:
*«Regarde là-bas, Gretel,
il y a une maison!»*

Quelle drôle de maison!

le toit est recouvert de crème Chantilly.
les colonnes sont des sucettes.
la fenêtre est en chocolat.
la porte est un gâteau sec.
les escaliers sont des bonbons.

Les deux enfants s'endorment
sous un arbre.

Puis elle court rejoindre son frère.
«Hansel, dépêchons-nous,
la sorcière est dans le four!»
«Bravo, Gretel! Ouvre vite la porte!»
Hansel est enfin libre!

cirer les
chaussures
coudre
essuyer
les verres

nettoyer les vitres
laver
par terre
faire les lits

Un jour, Gretel a une idée.
Elle appelle la sorcière et lui demande:
«*Comment fait-on pour allumer le four?*»
La sorcière ne se doute de rien,
elle ouvre la porte du four et... Gretel la
pousse de toutes ses forces à l'intérieur!

Hansel et Gretel aiment aller jouer dans la forêt. Mais c'est dangereux. Leur maman dit:
«*N'allez pas dans la forêt. C'est dangereux!*»

Une nuit,
Hansel et Gretel
se perdent
dans la forêt.

Il fait tout noir. Les deux enfants ont très peur.

la luciole

la branche

la feuille

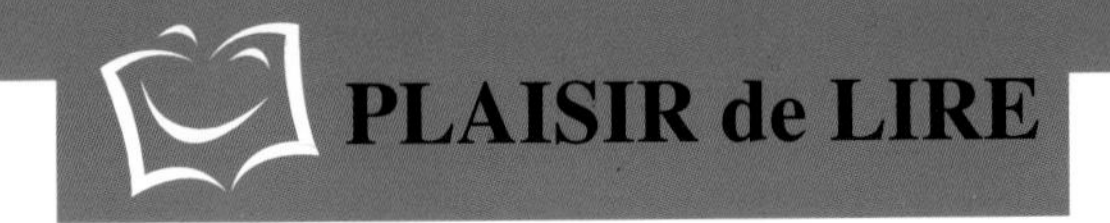

Hansel et Gretel

Hansel et Gretel sont frère et sœur.
Ils habitent avec leur papa et leur maman dans une petite maison près d'une grande forêt.